KADO LE FOU

KADO LE FOU

Direction éditoriale : Angèle Delaunois
Direction artistique : Gérard Frischeteau
Édition électronique : Conception Grafikar
Révision linguistique : André Beaudet
Illustration de la couverture
et illustrations intérieures : Gérard Frischeteau

Collection Korrigan n° 1
Dépôt légal : 1er trimestre 2004
Bibliothèque nationale du Québec

Catalogage avant publication de la Bibliothèque nationale du Canada

Mativat, Daniel, 1944-

Kado le fou : conte breton

(Collection Korrigan ; n° 1)
Comprend un index.
Pour enfants de 7 ans et plus.

ISBN 2-923234-01-4

I. Frischeteau, Gérard, 1943- . II. Titre.
III. Collection.

PS8576.A828K32 2004 jC843'.54 C2004-940244-7
PS9576.A828K32 2004

Daniel Mativat

KADO LE FOU

conte breton

Éditions de l'Isatis

4829, avenue Victoria
Montréal (Québec) H3W 2M9
Courriel : editions_delisatis@hotmail.com

N.B.: Les mots suivis d'un astérisque sont expliqués dans un lexique, à la fin du volume.

1

UN PAUVRE FOU NOMMÉ KADO

Il était une fois, en Bretagne, un pauvre fou nommé Kado. Kado était bossu et, chaque fois qu'il traversait un des villages de la côte battue par la mer et le vent, les pêcheurs se moquaient de lui en criant :

— Kado ! Kado ! Montre-nous ton gros dos. Kado, tu n'es vraiment pas un cadeau !

Mais le bossu n'avait cure des rires et des sarcasmes. Il continuait son chemin en sifflotant. Kado n'avait ni père ni mère. Le monde était donc sa maison. Il n'avait jamais été à l'école. Il n'avait ni métier ni argent. Il était donc libre et savait plein de choses sans jamais les avoir apprises. Quand il avait soif, il buvait l'eau des ruisseaux. Quand il avait sommeil, il creusait son nid dans les meules de foin. Quand il avait faim, il frappait à la porte d'une ferme et, en échange d'une petite chanson ou d'une petite danse accompagnée de claquements de sabots, il obtenait un bol de soupe ou un croûton. Si, par hasard, on ne lui faisait pas bon accueil, il avait toujours un tour dans son sac et démontrait qu'il n'était pas si idiot qu'on le pensait.

Imaginons, par exemple, qu'affamé, il apercevait une bonne mère de famille sur le seuil de sa cuisine en train de nettoyer sa marmite à l'aide d'une pierre à fusil*. Kado s'approchait et restait planté là à regarder le chaudron avec ses yeux ronds comme des écus* de cinq francs. Au bout d'un moment, la fermière, bien sûr, s'arrêtait de récurer et lui demandait, intriguée :

— Que fais-tu là, l'idiot ? Tu veux ce qui reste au fond ?

La bouche fendue d'un large sourire, Kado opinait en multipliant les hochements de tête de façon comique.

— Tiens, l'idiot, disait la femme, mange ce que tu trouveras et, pour paiement, tu diras une prière pour notre porc qui refuse d'engraisser.

Et Kado s'asseyait à terre, la marmite de fonte entre les jambes, puis se mettait à gratter avec ses ongles les traces de nourriture qui avaient échappé aux cuillères de la maisonnée.

C'est là que vous auriez dû le voir aller, le Kado. Il se léchait les mains. Il grognait de plaisir, comme s'il se régalait du meilleur ragoût qu'il ait jamais mangé.

— Hum, que c'est bon ! soupirait-il.

Du coup, la fermière, plutôt flattée qu'on apprécie autant la qualité de sa cuisine, s'excusait :

— Je regrette qu'il en reste si peu. Tiens, mon brave, sauce cette tranche de pain dedans. Ce sera meilleur.

Et Kado de mordre à belles dents dans sa tartine et de s'extasier, la bouche pleine :

— Hum, que c'est bon ! En vérité, chère madame, ce pain blanc est le plus exquis que j'aie goûté depuis que je suis au monde. Un pain digne de la table de notre évêque. Que dis-je ? Le pape lui-même serait ravi d'en avoir du semblable pour tremper dans son café au lait.

Fière comme une paonne, la paysanne s'empressait alors de préciser :

— Et encore, mon pain est bien plus savoureux avec un peu de beurre. Attends, je viens d'en baratter*.

Et la naïve d'apporter du beurre. Puis du lard frais, du cidre bouché*, du quatre-quarts* et même des cure-dents, ne s'arrêtant que lorsque l'idiot, la panse pleine, demandait grâce en lâchant un rot sonore.

2

LE CHEVALIER ÉTRANGER

Un jour, Kado s'était endormi à l'ombre d'un dolmen* en ruine. Il pleuvait comme il pleut souvent en Bretagne. Une pluie fine que le ciel vous crache au visage et qui transforme les chemins creux en bourbier. Tout à coup, un chevalier descendit de cheval et vint s'abriter sous la grande table de pierre du monument. Trempé, l'homme de guerre ôta son casque et s'informa :

— Hé, l'innocent ! Sais-tu dans quelle direction se trouve le château de Kerglas ?

— Le château de Kerglas ! Doux Jésus, c'est par là, quelque part dans la forêt, à trois lieues d'ici. Mais, seigneur chevalier, vous avez l'air de venir de loin ?

— Je viens d'un pays dont tu ne pourrais même pas prononcer le nom et j'ai chevauché trois nuits et trois jours sans dormir.

— Voyons, ce n'est pas raisonnable. Reposez-vous. Asseyez-vous ici, bien au sec. Que diable allez-vous faire dans ce château maudit où personne ne va et dont personne ne revient ?

— Je viens conquérir le chaudron d'or et la lance mortelle.

— Et ces objets valent-ils vraiment le voyage que vous avez entrepris ?

L'étranger éclata de rire.

— Pauvre fou ! Il n'y a pas choses plus précieuses sur terre. Le chaudron d'or, on n'a qu'à émette un désir et il se remplit de ce qu'on veut. Celui qui y boit guérit de toutes les maladies. On dit même qu'il a le pouvoir de ressusciter les morts...

— Et la lance ?

— La lance ! Sa pointe a été forgée à partir d'un éclat de métal provenant de la faux de la Mort. Elle tue instantanément tout ce qu'elle touche.

— Et vous pensez que ces deux merveilles se trouvent au château de Kerglas ?

— Oui. Un puissant magicien du nom de Cornik s'en est emparé. Mais on peut le vaincre, car, dès qu'il rentre chez lui, il ne peut plus se servir ni du chaudron ni de la lance qu'il cache dans un souterrain protégé par une serrure que nul ne peut ouvrir.

— Vous n'avez pas l'intention d'affronter ce Cornik, soupira Kado. C'est le diable en personne. Il passe parfois à la lisière du bois, monté sur son cheval noir, une jument qui trottine, suivie de son poulain à robe verte. Mais personne n'ose lui parler. Vous voyez cette rangée de menhirs* là-bas, près du lavoir.

— Oui.

— Eh bien, ce ne sont pas des menhirs. Ce sont des lavandières qu'il a changées en pierres parce qu'elles se moquaient de lui et de son petit cheval vert.

Le chevalier l'écouta d'une oreille distraite. Puis, comme la pluie avait cessé, il remonta en selle et disparut.

3

LE PETIT CHEVAL VERT

À son tour, sa besace* sur l'épaule, Kado reprit la route. Le pays, qui avoisinait la forêt habitée par le magicien, était un vrai désert. Une lande désolée, au milieu de laquelle se dressait un hameau abandonné. Kado traversa celui-ci et, comme il avait soif, il s'agenouilla sur la margelle d'une antique fontaine, à demi cachée sous des ajoncs en fleur.

— Au secours ! Au secours ! cria une voix fluette.

Kado se pencha sur l'eau. À l'autre bout du bassin, un gros crapaud venait de happer une libellule. Kado força la vilaine bête à libérer sa proie fragile. Aussitôt, la libellule se changea en une minuscule femme ailée. C'était une fée. Tout en défroissant ses ailes fripées par le vilain crapaud, elle tint à remercier Kado :

— Tu es un gentil garçon. Toi, au moins, tu es venu à mon aide. Tu n'es pas comme ce chevalier qui est passé tout à l'heure. Je l'ai appelé ; il ne s'est même pas arrêté.

— Je m'en doute, répondit Kado. Il a grand hâte de mettre la main sur le chaudron d'or et la lance qui tue.

— Quel insensé ! Et toi, je suppose, tu cherches la même chose ?

— Non. Pourtant, à bien y penser, le chaudron serait pratique. Je n'aurais plus à mendier mon pain. Quant à la lance, elle aussi me serait bien utile pour me débarrasser des chiens qui parfois me courent après.

La fée sourit.

— Si tu songes à t'engager dans une telle aventure, il vaudrait mieux que tu saches ce qui t'attend. Comme tu as été bon pour moi, je vais te confier à l'oreille les quelques secrets que je sais. Approche...

Kado écouta attentivement tout ce que la fée lui chuchota dans le creux de l'oreille.

Après quelques heures de marche à travers la lande, Kado arriva à l'orée de la forêt de Kerglas. En fait, cette forêt n'était pas une forêt comme les autres. Ses arbres étaient morts, sa terre brûlée, et d'inextricables ronciers en interdisaient l'accès.

Tout à coup, Kado entendit des pas de chevaux. Il se cacha derrière un buisson. Cornik le magicien, sorti d'on ne sait où, apparut sur sa jument. Sur la croupe de sa bête était installé le chaudron d'or, et il tenait à la main la fameuse lance mortelle. Terrorisé, Kado ne broncha pas d'un cil, osant à peine regarder cet imposant équipage. Par contre, le petit cheval vert, qui suivait en arrière, n'avait pas l'air bien redoutable. Il folâtrait, à la recherche d'herbe tendre. Kado lui tendit un petit morceau de galette. Le poulain hésita un instant, puis vint manger dans sa paume avant de rejoindre sa mère en secouant sa crinière.

Le lendemain, à la même heure, Kado s'embusqua au même endroit. Il attendit que le magicien soit passé et répéta le manège, à cette différence près que, cette fois, il sema des miettes de galette sur une bonne distance, si bien que le petit cheval vert s'éloigna de sa mère, au point qu' il faillit ne pas être capable de la rejoindre.

Trois jours plus tard, Kado se jugea enfin prêt. Il vérifia d'abord s'il avait bien tous les objets dont la fée lui avait dit de se munir : une entrave et un solide licou* de chanvre, un lacet de crin trempé dans l'eau bénite pour attraper les bécasses, un sac de toile rempli de glu* et de plumes d'alouette, un chapelet à gros grains de buis, un vieux biniou*, un penn baz* taillé dans une branche de houx et, pour finir, un peu de crottin de cheval qu'il enveloppa dans son mouchoir.

Or, donc, à l'heure habituelle, le redouté magicien parut, passa et s'éclipsa. Et, comme les autres fois, le petit cheval vert s'attarda à grignoter les miettes de galette que Kado avait éparpillées encore plus loin que les jours précédents. Seulement, cette fois, lorsque le poulain voulut rejoindre le magicien, celui-ci avait disparu depuis un bon moment. C'était ce qu'espérait Kado qui sortit de sa cachette et s'approcha du petit cheval, dont il caressa doucement le museau.

— Du calme, mon beau !

Le petit cheval parut rassuré. Kado en profita pour lui enfiler son licou et lui entraver deux pattes. Puis, d'un bond, il sauta sur son dos.

— Allez, hue! Rentre chez toi. Tu dois bien savoir le chemin. Dépêche-toi, ta mère doit être inquiète.

Le poulain s'ébroua, comme indécis, puis, exactement comme Kado l'avait prévu, il se mit en marche en suivant un itinéraire connu de lui seul.

4

LA FORÊT TROMPEUSE

Le petit cheval allait bon train malgré l'entrave qui l'empêchait de s'enfuir et il s'enfonça dans la forêt. C'était une forêt « trompeuse » défendue par des enchantements, tous plus effrayants les uns que les autres. Kado tremblait comme une feuille, même si la fée l'avait prévenu qu'il n'avait rien à craindre. Tantôt les arbres s'animaient autour de lui, cherchant à le griffer de leurs branches dénudées. Tantôt, comme frappés par la foudre, ils s'embrasaient telles des torches pour former autour de lui un cercle de feu tourbillonnant. Ailleurs, c'était le sol qui semblait se dérober pour céder la place à des gouffres vertigineux, au fond desquels bouillonnait de la lave incandescente. Plus loin, c'était un ruisseau tranquille qui se changeait soudainement en torrent impétueux ou encore d'énormes rochers qui dévalaient des collines, menaçant de l'écraser.

Kado avait beau se répéter que tout cela n'était qu'illusion, il mourait de peur à en pisser dans son bragou*. Sans doute qu'un autre serait devenu fou. Pas Kado. Puisque, déjà reconnu comme tel, il ne pouvait devenir plus fou qu'il ne l'était déjà.

Pendant ce temps, le poulain, lui, continuait sa course. Les charmes du magicien n'avaient apparemment aucune emprise sur lui.

Trotti-trottant, le petit cheval vert traversa donc la forêt et, bientôt, Kado s'aperçut que les terrifiantes fantasmagories suscitées par l'enchanteur avaient enfin cessé. Il poussa un soupir de soulagement.

Hélas, le répit fut de courte durée, car le spectacle qui s'offrait maintenant à ses yeux avait de quoi glacer le sang. La plaine entière était un vaste cimetière jonché de morts. Tous les chevaliers, partis depuis des siècles en quête du chaudron et de la lance, étaient

là. Certains, encore debout sur leurs chevaux, réduits à l'état de squelettes. D'autres, étendus sur le sol, dans leurs armures rouillées. Se bouchant le nez, tant l'odeur était pestilentielle, Kado fit tournoyer son bâton pour chasser les corbeaux qui picoraient les yeux des cadavres et les loups gris qui rongeaient leurs os.

De quoi étaient morts ces malheureux ? De frayeur probablement, à voir leurs bouches ouvertes et leurs cheveux blanchis.

5

LE KORRIGAN ET LE LION

Marchi-marchant, le petit cheval vert enjamba les corps comme si de rien n'était. Kado se retrouva alors aux portes d'un verger où ne poussait qu'un seul arbre : un pommier magnifique gardé par un korrigan* armé d'une épée de feu. À la vue de Kado, le nain s'avança, menaçant.

— Qui es-tu ? Où vas-tu ? Que veux-tu ?

Kado, qui se souvenait des conseils de la fée, s'inclina poliment à sept reprises, sans toutefois ôter son chapeau. Car, comme chacun le sait, un vrai Breton ne se décoiffe devant personne, sauf devant Dieu ou un mort qu'on mène au cimetière.

— Je suis l'oiseleur du magicien. Vous voyez, je monte son petit cheval vert. Maître Cornik a besoin de moi pour se débarrasser des oiseaux qui dévorent tout ce qui graine et pousse dans son jardin.

— Et comment t'y prendras-tu ?

— J'ai inventé un piège à ma façon. Aucun oiseau ne s'en échappe.

— Je voudrais bien voir cela, s'exclama le korrigan. Moi aussi, les merles et les grives ravagent mon pommier. Si tu peux les éliminer, je te laisserai la vie sauve.

Kado fit semblant d'agréer bien volontiers à cette demande et installa son lacet ainsi que ses appâts.

Intrigué, le nain déposa son épée pour mieux examiner l'installation. Kado l'invita à admirer d'encore plus près l'ingéniosité de son piège :

— Venez ! Venez ! Tenez, monsieur le korrigan, je vais vous faire une démonstration. Vous allez faire l'oiseau. C'est ça ! Battez des ailes comme si vous voliez et approchez pour picorer. Oui, c'est parfait ! Sans vous en apercevoir, vous mettez une patte dans le nœud coulant. Moi, derrière l'arbre, je tire brusquement et voilà le travail : vous êtes pris !

Emporté dans les airs, le korrigan pendu par une jambe et la tête en bas, hurla :

— C'est très bien, mais délivre-moi maintenant.

Kado fit la sourde oreille et, pendant que le nain se débattait, il cueillit la plus belle pomme du pommier qu'il glissa dans sa besace.

Au bout de sa corde le nain continuait à se tortiller comme un ver. Mais, à chaque mouvement, les crins bénits du lacet se serraient un peu plus, rendant vains tous ses efforts.

Kado remonta sur son poulain et, prenant son air le plus innocent, il salua de nouveau le lutin :

— Bonne journée, monsieur le korrigan, merci pour la pomme.

Le petit cheval vert se remit donc au trot à travers la plaine jusqu'au pied d'une falaise. Dans celle-ci s'ouvrait une grotte habitée par un lion monstrueux dont la crinière était

faite de vipères qui se tordaient en sifflant. Une fois de plus, Kado se remémora ce que la fée de la fontaine lui avait dit. La clé! Il fallait qu'il s'empare de la clé de lumière pendue au poitrail de cette bête féroce.

À l'approche de Kado, le lion rugit:

— Qui es-tu? Où vas-tu? Que veux-tu?

Kado s'inclina sept fois.

— Je suis le nouveau cuisinier du magicien. Vous voyez, je monte son petit cheval vert. Il m'a commandé des pâtés d'alouette et je lui amène dans cette poche de toile de quoi les lui préparer.

— Des alouettes! se pourlécha le lion. Il y a bien un siècle que je n'en ai pas mangé. Sont-elles vivantes? Montre-les-moi que je voie si elles sont de belle grosseur.

Kado feignit d'être bien ennuyé.

— Je ne demanderais pas mieux, monseigneur le lion, mais si j'ouvre mon sac, mes oiseaux vont s'envoler.

— Eh bien, entrouvre-le, juste un petit peu, que j'y passe la tête.

— Comme vous voudrez, monseigneur...

Et Kado tendit son sac à la bête qui, sans réfléchir, y fourra son gros museau.

— Rooooaaaar! gronda le lion en se retrouvant la tête tout engluée et couverte de plumes, que signifie cette plaisanterie? Que fais-tu, misérable?

— Alors, mon gros, tu te régales? plaisanta Kado en serrant le cordon du sac autour du cou du lion et en faisant trois signes de croix sur le nœud pour plus de sécurité.

Le lion, la tête prise dans la poche de jute, entra dans une rage folle. Il courut en tous sens, se cognant partout. Ce qui indisposa fort les vipères de sa crinière qui le piquèrent à mort, avant de mourir, elles aussi.

La bête crevée, Kado n'eut aucune difficulté à lui enlever la clé qu'il suspendit à son propre cou.

Et Kado repartit en faisant toujours confiance au petit cheval vert qui semblait savoir où il allait.

6

LE LAC AUX DRAGONS ET LE GÉANT

Kado pensait bien en avoir terminé avec les épreuves. Il se trompait. À quelques lieues de là, le poulain s'arrêta pour boire devant un lac marécageux, dont les rives étaient parsemées de corps de chevaliers affreusement mutilés. L'étranger avec lequel il avait parlé sous le dolmen était parmi eux. Il ne restait plus de lui que le tronc et la tête, comme si un animal aux mâchoires gigantesques lui avait croqué le reste. Kado se demanda quelle créature avait pu se livrer à un tel carnage. Il ne tarda pas à le savoir. Les eaux du lac étaient infestées de dragons : des serpents ailés à écailles vertes et à gueule rouge et d'autres à écailles rouges, et à gueule verte. Et toutes ces monstrueuses bestioles crachaient du feu en dardant leur langue fourchue.

Kado ne perdit pas son sang-froid. Mis en confiance par ses victoires précédentes, il fouilla dans sa besace et en sortit son chapelet.

« Voilà ce qu'il me faut, murmura-t-il. Si la fée ne m'a pas menti, je devrais facilement en venir à bout. »

Et ce disant, Kado commença par couper le fil retenant les petites billes de bois de son chapelet pour ensuite en bombarder les dragons comme on jette des grains de blé aux poules. Or, à la grande surprise du fou, les affreuses bêtes se comportèrent exactement comme de stupides volailles de basse-cour et happèrent au vol les grains bénits qui, sitôt avalés, leur empoisonnèrent les entrailles. Cinq minutes plus tard, tous les dragons étaient décédés, ventre en l'air, un mince filet de fumée leur sortant de la gueule.

— Voilà une bonne chose de faite ! s'écria Kado en se frottant les mains. Allons, mon petit cheval vert, en route ! Ne perdons pas de temps !

Poursuivant son périlleux voyage, Kado vit alors se profiler devant lui une grande montagne. Mais cette montagne n'était pas une montagne. C'était un GÉANT à cinq yeux, qui tenait une massue capable d'un seul coup d'aplatir les monts d'Arrée*.

— Qui es-tu ? Où vas-tu ? Que veux-tu ? tonna le géant.

Kado salua son nouvel ennemi de la façon habituelle et lui répondit :

— Je suis le nouveau vicaire que le magicien a appelé pour qu'on lui apprenne à mieux sermonner. Vous voyez, je monte son petit cheval vert.

Le géant ouvrit grand ses cinq yeux : deux, étonnés ; deux autres, soupçonneux, et le cinquième regardant ailleurs.

— Tu m'as l'air d'un drôle de curé. Où sont ta soutane et ton rabat* ? Fais-moi un petit sermon. Juste pour voir.

Alors, debout dans le creux de la main du géant en guise de chaire, Kado se mit à discourir. Et il parla, parla, parla des heures et des heures. Et le géant commença à trouver que le sermon était long, long, long. Si long qu'un de ses yeux se ferma tout doucement. Kado en redoubla d'ardeur et il repartit de plus belle, évoquant la vie exemplaire de tous les saints du calendrier français et breton et rappelant un à un tous les péchés commis par les hommes depuis la création du monde. Et c'était tellement endormant que le deuxième œil du géant se ferma à son tour. Puis le troisième. Et le quatrième. Ne restait plus que le cinquième. Celui qui regardait ailleurs. Kado le ramena à l'ordre :

— Hé, toi, tu m'écoutes ?

L'œil cligna pour signifier qu'il s'excusait de sa distraction. Kado l'acheva en lui chantant un bout de messe en latin. Le dernier œil baissa la paupière et un ronflement assourdissant fit trembler le sol. Kado descendit alors tout doucement le long du bras du géant, puis s'éloigna sur la pointe des pieds en tirant le poulain par son licou. Quand il fut assez loin pour ne plus entendre le souffle formidable du géant, il remonta sur le petit cheval.

7

LA VALLÉE DES TENTATIONS

Il chevaucha encore un certain temps avant d'atteindre une vallée verdoyante qui, pour une fois, semblait n'être gardée par aucun monstre malfaisant. Mais Kado avait appris à se méfier. Il repassa donc dans sa mémoire les sages conseils de la fée. Elle l'avait mis en garde contre cet endroit paradisiaque. D'après elle, c'était même l'épreuve la plus redoutable qu'il aurait à affronter : la vallée des plaisirs. Malheur à lui s'il succombait à la tentation et goûtait à la moindre chose qui lui serait offerte !

Kado ne tarda pas à constater que la fée avait eu raison de le prévenir. Il n'avait jamais rien vu de pareil : des arbres qui tendaient leurs fruits en suppliant : « Cueille-moi ! cueille-moi ! » Des fleurs qui chantaient comme un chœur d'anges. Des fontaines où coulait du vin et du gwin-ardant*. À chaque détour du chemin, Kado était tenté de s'arrêter pour ne plus jamais repartir. Ici, c'étaient des tables croulant sous le poids des kuign-amans*, des piles de crêpes, des andouilles*, des boudins blancs, des jambonneaux et des grosses miches de pain fraîchement sorties du four. Un peu plus loin, de belles filles sortaient de leur bain et dansaient toutes nues sur l'herbe en l'appelant par son nom :

— Kado ! Kado ! Viens, ne fais pas l'idiot. Il y a des centaines d'années que nous n'avons pas tenu un homme dans nos bras !

Le pauvre Kado était à deux doigts de perdre la tête. Il multipliait les signes de croix, fermait les yeux pour ne pas voir les jolies baigneuses et se bouchait le nez pour ne pas sentir la bonne odeur de pain et de charcutaille. « Que faire, bonne sainte Anne ? se désolait Kado. Comment résister à un tel ravissement de tous les sens ? » Et puis, soudain, la lumière se fit dans son esprit. Le biniou et le crottin de cheval ! Il suffisait d'y

penser. Voilà pourquoi la fée avait tant insisté pour qu'il n'oublie pas ces deux choses dont il s'était demandé à quoi elles pourraient bien lui servir.

Kado prit donc son biniou, gonfla le sac de peau qu'il coinça sous son aisselle et commença à jouer. Il n'était pas un très bon sonneur* et les notes qu'il tira de son instrument étaient proprement atroces. On aurait dit les cris d'un cochon qu'on égorge. Le résultat fut presque magique. Au son strident du biniou, le vin des fontaines vira en vinaigre, les fruits devinrent blets et les fleurs fanèrent. Quant aux filles en costume d'Ève, elles s'enfuirent en se bouchant les oreilles. Restait le fumet des plats et le parfum irrésistible du pain encore chaud. Kado sortit son mouchoir rempli de crottin. Il n'eut qu'à en respirer quelques bouffées pour que l'envie lui passe de déguster ou de humer quoi que ce soit.

8

MADAME LA PESTE

Et Kado se remit en chemin. Allait-il arriver enfin ? Kado était presque sur le point d'éprouver des regrets quand il vit apparaître, au travers de la brume, les tours du château de Kerglas. Grande fut sa joie. Grande aussi sa déception lorsqu'il découvrit que la demeure du magicien était bâtie sur une île, au milieu d'un large fleuve, et que celle-ci n'était reliée à la terre ferme par aucun pont. Comment traverser sans être emporté par le courant? Le poulain paraissait lui-même hésiter. Sur le rivage, à quelques pas de lui, une femme en noir était assise et semblait se poser la même question que lui.

Il l'aborda poliment :

— Bonjour, madame. Savez-vous comment on peut rejoindre ce château ?

Maigre et le teint jaune, la femme le regarda, comme surprise. Elle avait le visage voilé comme une Mauresque* et ses yeux fendus en amande brillaient d'un éclat fiévreux.

— Si tu me prends en croupe sur ton cheval, je te montrerai un passage à gué, lui répondit-elle.

— Je veux bien! Tendez-moi la main, acquiesça l'idiot en l'aidant à grimper sur son cheval.

La femme s'installa donc derrière Kado et lui enlaça la taille comme le font les filles qui vont au bal avec leur fiancé. Le fou remarqua que les mains de la belle étaient couvertes de pustules. Il s'abstint cependant de tout commentaire et laissa son cheval s'enfoncer dans le fleuve à l'endroit que l'inconnue lui désigna. La traversée fut difficile et, vingt fois, le petit cheval vert faillit perdre pattes. Mais le vaillant poulain savait nager et il finit par atteindre l'île.

Kado aida la dame en noir à descendre de sa monture.

— Tu es un brave garçon, dit la femme. Sais-tu au moins qui je suis?

Kado prit un air humble.

— Pour sûr, vous êtes une noble et puissante personne.

La femme sourit.

— Certes, noble je le suis puisque mes origines remontent au premier péché du monde, et puissante, je le suis aussi, car l'humanité entière me redoute.

— Excusez-moi, madame, je ne suis qu'un pauvre fou, vous savez. Voilà sans doute la raison pour laquelle je ne vous reconnais pas. Auriez-vous la bonté de me dire qui vous êtes?

— Je suis la Peste.

Kado recula, épouvanté.

La femme au teint de cire le rassura.

— N'aie pas peur! Comme tu m'as aidée, je t'épargnerai. Vois-tu, j'ai parcouru le monde entier et je suis bien fatiguée. Je pense que je vais m'installer dans ce château pour m'y reposer.

— Vous oubliez, madame la Peste, que ce château appartient à un magicien qui possède de grands pouvoirs.

— Tu as raison, c'est pourquoi il faut qu'il meure.

— Moi, je n'ai rien contre, s'exclama Kado, mais maître Cornik est immortel.

— Écoute et essaie de comprendre. Comme mon frère l'Ankou*, je tiens la destinée des hommes entre mes mains. Je lis dans leur âme, je sais tout et je joue avec eux comme s'ils étaient de simples pions sur un jeu d'échecs. As-tu encore la pomme que tu as subtilisée au korrigan ?

— Bien entendu, dit Kado en sortant le fruit rouge de sa besace.

— Eh bien, sais-tu que le pommier où tu l'as prise n'est pas un arbre ordinaire. Il a poussé à partir d'une bouture de l'arbre de la science du Bien et du Mal, planté par Dieu lui-même, dans le jardin du Paradis. De ce fait, cette pomme est identique à celle que mangèrent Adam et Ève et qui les rendit mortels. Si le magicien en croque une seule bouchée, il cessera, lui aussi, de jouir de l'immortalité. Je n'aurai alors qu'à le toucher et il mourra.

Kado approuva tout en profitant de l'occasion pour demander une petite faveur :

— Et si je vous aide encore, vous me donnerez en récompense le chaudron magique et la lance ?

— Oui, promit la Peste. Voilà comment nous allons faire...

Et Kado prêta une oreille attentive au plan que lui exposa la femme en noir...

Quand la Peste eut terminé, elle demanda au fou :

— Tu as bien compris ?

— Je ne suis pas si idiot que j'en ai l'air ! protesta Kado.

— Je m'en suis rendu compte, répondit le fléau vivant.

9

CORNIK LE MAGICIEN

Ainsi Kado et sa redoutable compagne se présentèrent à la porte du château et, avant même qu'ils demandent qu'on ne leur ouvre, les lourds vantaux tournèrent sur leurs gonds, comme si une puissance invisible avait deviné leur présence.

Assis sous un dais, au milieu de la cour, le magicien était en train de lire un vieux grimoire relié en peau humaine, dont les pages tournaient toutes seules. Le livre était enchaîné à un poteau et semblait vivant. Parfois, il émettait des sortes de grognements et, quand il commençait à trop s'agiter, Cornik prenait sa canne et le frappait jusqu'à ce qu'il se calme. Alors, le livre se laissait de nouveau feuilleter et le magicien pouvait reprendre sa lecture.

Très absorbé, tout d'abord, Cornik ne prêta aucune attention à ses visiteurs. Il leva finalement les yeux et fronça les sourcils.

— Par Belzébuth, mon maître, c'est mon petit cheval vert qu'on m'a volé! Qui êtes-vous? D'où venez-vous? Savez-vous comment je traite les voleurs? Je leur coupe la tête et je joue aux boules avec leur crâne, ou bien je les fais cuire dans une marmite et je fabrique des chandelles avec leur graisse.

Kado s'empressa de s'excuser:

— Pardonnez-nous, ô le plus grand des enchanteurs! Ce cheval, je ne l'ai pas volé. Il était perdu et j'ai pris la liberté de vous le ramener. En gage de ma bonne foi, je vous apporte d'ailleurs deux cadeaux. Des raretés venues d'Orient: la pomme de joie et la femme soumise que voici. Mangez de la pomme et vous aurez toujours le cœur en fête. Prenez la femme pour épouse et elle vous procurera des délices sans nom.

Le magicien referma son livre qui émit des feulements de chat en colère.

— Donne-moi cette pomme et fais approcher cette femme.

Multipliant les courbettes, Kado s'exécuta, et tout se passa comme il avait été dit. Cornik mordit la pomme et, soudain, il se mit à vieillir à une vitesse accélérée. Ses cheveux tombèrent. Sa barbe blanchit. Ses dents se déchaussèrent. Sa peau se plissa et se parchemina de taches brunâtres. Dame Peste alors l'embrassa sur la bouche et il se couvrit instantanément de bubons* avant de mourir dans un grand cri.

10

LE CHAUDRON D'OR

Quand la Peste eut pris possession du château, Kado se risqua à lui rappeler sa promesse. La dame en noir, qui s'apprêtait à s'endormir dans le grand lit à baldaquin du magicien, fit un geste las de la main.

— Ah oui, le chaudron et la lance! Va, mon brave Kado, ils sont à toi. Tu les trouveras dans les souterrains. Va, va, et ne me dérange plus. Je vais faire un petit somme d'un ou deux siècles. Je suis si fatiguée...

Kado n'osa pas demander de plus amples explications et sortit de la chambre sans faire de bruit. Puis, après avoir repéré l'écurie et rendu le brave petit cheval vert à sa mère, il entreprit d'explorer le château. C'était un vrai dédale et le fou traversa au moins cinquante salles avant de découvrir l'entrée des souterrains: un puits noir comme la bouche de l'enfer. Il y descendit. Le sol grouillait de rats et des millions de chauves-souris étaient suspendues au plafond. Après avoir parcouru de nombreuses galeries, une torche à la main, Kado trouva enfin ce qu'il cherchait : une porte d'argent massif dont le loquet avait la forme d'une tête humaine endormie, la bouche grande ouverte.

Kado essaya de se rappeler ce que la fée lui avait dit à propos de cette porte. Il n'était plus trop sûr. Il sortit la clé de lumière qu'il avait prise au lion et la glissa dans la serrure en prononçant la phrase qu'il avait retenue :

— Clé de lumière, clé des songes, ouvre-moi toutes les portes du possible et de l'impossible !

Kado attendit. Rien. Les minutes, les heures s'écoulèrent. Toujours rien. Kado bâilla. La bouche de la tête humaine ornant la serrure bâilla, elle aussi. Peu à peu, Kado sentit le sommeil l'envahir. Il cessa de résister. Au même moment, la clé dans la serrure tourna lentement...

«Est-ce que je rêve?» se demanda Kado. Rêve ou pas, quand il s'éveilla, le chaudron magique était entre ses jambes et la lance qui tue à ses côtés. Autre surprise, il n'était plus dans le château. Il était sous le dolmen qui lui avait servi d'abri contre la pluie, juste avant sa rencontre avec la fée. Comment avait-il été transporté jusque-là? Mystère. Un doute le saisit. Et s'il avait rêvé depuis le début? Et si le chaudron n'était qu'un vulgaire chaudron de métal doré, et la lance, une lance bien ordinaire fabriquée par quelque forgeron de village?

Pour en avoir le cœur net, il se pencha au-dessus du récipient et dit:

— Je veux le plus beau cheval de tout le duché et un costume de prince.

Aussitôt apparut un étalon blanc splendide et lui-même se trouva revêtu d'un pourpoint brodé de fils d'or et fourré d'hermine. C'est dans ce riche équipage que l'idiot du village traversa toute la Bretagne, sous l'œil des curieux qui se demandaient:

— Qui est-ce? Pour moi c'est l'archange saint Michel, venu à notre secours, ou bien le roi Nominoë* revenu de l'autre monde pour nous sauver.

En effet, la guerre faisait rage aux frontières du pays et, lorsque Kado arriva devant les remparts de Nantes, la ville de monseigneur le duc de Bretagne était assiégée par les Français. C'était une vraie désolation. Les fermes avaient été brûlées, les arbres coupés, l'herbe rasée par les chevaux, les étables et les caves vidées par les soudards, les récoltes saccagées. Une troupe de chevaliers bretons venaient tout juste de livrer bataille. Défaits et couverts de sang, ils étaient au pied des murailles, hélant et cornant pour qu'on leur ouvre. Le pont-levis s'abaissa. Kado se glissa parmi eux pour entrer dans la cité.

À l'intérieur des murs, la situation était désespérée. Kado, comme tous les habitants, s'arrêta un moment pour écouter un trompette qui, à chaque carrefour, répétait le même message. Le duc déclarait solennellement que celui qui délivrerait la ville deviendrait son fils et qu'il hériterait de sa terre.

Enhardi, Kado apostropha le héraut:

— Mène-moi à monseigneur le duc, car je suis son homme.

Le trompette le toisa dédaigneusement.

— Qui es-tu, toi? Tu n'es point grand capitaine à ce que je sache. Notre duc n'a pas de temps à perdre avec un beau merle dans ton genre.

Offusqué, Kado saisit sa lance et toucha l'insolent de la pointe de celle-ci. L'homme tomba raide mort.

Médusée, la foule resta d'abord sans réagir, puis des cris de protestation fusèrent de toutes parts, et la populace menaça de faire un mauvais parti à l'assassin du messager ducal.

Kado s'écria:

— Du calme, braves gens! Voyez plutôt l'étendue de mon pouvoir!

Sur ce, il approcha le chaudron enchanté des lèvres du mort et celui-ci – ô miracle! – revint à la vie sur-le-champ.

11
ÉPILOGUE

Le duc, bien sûr, fut vite informé de ce prodige. Il reçut Kado en son palais et le nomma bientôt chef de ses armées.

Il y eut alors une grande bataille sur les bords de la Loire. Kado y fit merveille. Il n'avait qu'à effleurer les Français de sa lance et ceux-ci étaient fauchés par rangs entiers. Quant aux Bretons, dès qu'il en tombait un, on l'emmenait au fou qui lui versait sur les lèvres quelques gouttes d'eau-de-vie tirées du chaudron et, à l'instant, le soldat ressuscitait. Du coup, en à peine trois jours, les armées du duc chassèrent l'envahisseur de la Bretagne et s'emparèrent même de l'Anjou, du Poitou et de la Normandie. Un mois plus tard, reconnaissant, le duc offrit sa couronne à Kado. Ce dernier refusa, disant qu'il avait décidé d'aller délivrer Jérusalem.

Ainsi Kado s'embarqua-t-il pour la Terre sainte et beaucoup de chevaliers le suivirent. Avec eux, il vainquit une à une toutes les armées du roi des Sarrasins, qui accepta de se faire baptiser et lui offrit sa fille en mariage.

On raconte que, plus tard, Kado le fou devint emprereur d'Orient et qu'il eut plus de cent enfants pour lesquels il conquit autant de royaumes.

On dit aussi qu'à l'âge de neuf cent cinquante et un ans, plus vieux que le père Noé*, Kado fut saisi par l'envie de revoir sa chère Bretagne. Il revint donc incognito, avec, dans ses bagages, le chaudron et la lance. Il choisit de s'installer dans un petit ermitage au sommet du Menez-Hom*. Là, il vécut encore deux cents ans. Puis, las de vivre depuis si longtemps, il fouilla dans sa vieille besace et trouva tout au fond le trognon de la pomme qu'il avait fait manger au magicien. Il l'avala et attendit paisiblement que la mort vienne le chercher dans sa charrette grinçante*.

Avant de fermer les yeux pour toujours, il prit cependant la précaution d'enterrer dans la lande le chaudron d'or et la lance qui tue.

Ils y sont encore.

Ceux qui aimeraient bien les posséder n'ont qu'à les chercher...

POUR EN CONNAÎTRE DAVANTAGE

LEXIQUE

ANDOUILLE : Sorte de saucisson fait de tripes de porc emballées dans un boyau noir et fumé autrefois dans les cheminées des fermes.

ANKOU : Nom par lequel les Bretons appellent la Mort ou son ouvrier qui, sous la forme d'un squelette armé d'une faux, vient de nuit chercher les âmes des défunts qu'il emporte dans une charrette dont les essieux grincent.

BARATTER : Brasser la crème du lait pour obtenir du beurre.

BESACE : Long sac dont les extrémités forment des poches.

BRAGOU : Pantalon bouffant du costume traditionnel breton.

BINIOU : Cornemuse bretonne.

BUBON : Gonflement et inflammation des ganglions dus à la maladie.

CHARRETTE GRINÇANTE : Véhicule de la mort.

CIDRE BOUCHÉ : Cidre mousseux en bouteille, bouché comme le champagne.

DOLMEN : Mot breton formé de TAOL, ou TOL, «table» et de MEN, «pierre». Monument mégalithique composé de pierres brutes formant une table gigantesque. On pense qu'il s'agissait de tombes ou de temples préhistoriques.

ÉCU : Ancienne monnaie.

GLU : Colle obtenue à partir de la résine d'arbre.

GWIN-ARDANT : Célèbre eau-de-vie bretonne, de fabrication artisanale.

KORRIGAN : Nom breton des elfes et des lutins.

KUIGN-AMAN : Délicieux gâteau au beurre.

LICOU : Corde ou pièce de harnais servant à attacher un cheval.

MAURESQUE : Femme arabe originaire de l'Afrique du Nord ou du Sud de l'Espagne, réputée pour sa beauté et son charme.

MENEZ-HOM : Mont sacré des Montagnes Noires, à l'entrée de la presqu'île de Crozon. La légende en a fait un lieu de rencontre des anciens druides et le lieu de sépulture du fameux roi Mark, du roman de Tristan et Iseut.

MENHIR : Haute pierre dressée, mégalithe breton.

MONTS D'ARRÉE : Montagnes les plus élevées de Bretagne qui culminent à près de 400 mètres dans une région particulièrement sauvage.

NOÉ : personnage biblique qui, selon la légende, vécut 950 ans.
NOMINOË : Roi breton mort en 851. C'est lui qui assura l'indépendance de la Bretagne – laquelle fut préservée pendant plus de cinq cents ans – après avoir remporté la victoire de Ballon (845) sur les troupes franques de Charles le Chauve.
PENN BAZ : Bâton traditionnel des paysans bretons, qui servait occasionnellement de massue et permettait de sauter par-dessus les fossés et les chemins boueux. Long d'un mètre et demi et taillé dans un solide bois de houx, il était percé d'un trou pour siffler, muni d'une ganse de cuir, et généralement orné d'une torsade en forme de serpent.
PIERRE À FUSIL : Pierre pour affûter les faux.
QUATRE-QUARTS : Gâteau breton composé d'un poids égal de beurre, de farine, de sucre et d'œufs.
RABAT : Col de prêtre.
SONNEUR : Joueur de cornemuse ou de biniou.

CONTE, MYTHE OU LÉGENDE ?

Il n'est pas toujours facile de s'y retrouver avec ces trois termes. On les confond souvent, car on ne sait pas vraiment ce qui se cache derrière chacun d'eux. Tous les trois désignent **des récits et des histoires,** chers aux conteurs.

Pour essayer d'y voir plus clair, voici une brève présentation qui pourra aider à mieux reconnaître chacun de ces univers.

LE MYTHE

Dans toutes les cultures, le mythe se présente comme **un récit qui raconte les origines du monde.** Dans les temps anciens, on ne disposait pas des explications de la science. De nombreux phénomènes naturels, comme la foudre ou l'orage, la présence des étoiles ou du soleil dans le ciel, amenaient les humains à se poser des questions sur eux-mêmes. Ce sont toutes ces questions qui les ont entraînés à inventer de fabuleux récits comme autant de réponses pour essayer de comprendre le sens de leur vie. Dans ces histoires, **les dieux et les esprits de toute nature partagent avec les humains des aventures extraordinaires.** Les humains y apprennent comment vivre en harmonie avec l'univers qui les entoure ainsi que les règles à respecter pour vivre en société.

Les personnages des mythes sont surhumains et disposent de pouvoirs surnaturels. Mais, tout comme les humains, ils éprouvent des émotions et des sentiments. **On dit que le mythe est un récit sacré.**

LE CONTE

Comme les mythes, les contes sont des histoires. Mais cette fois, **les humains, ayant apprivoisé leur peur du monde qui les entoure, racontent des histoires qui parlent d'eux.** Il n'y a plus de dieux ou d'êtres aux pouvoirs surnaturels ou surhumains. Dans les contes, même si l'on y trouve des ogres, des géants ou des fées, ils ne sont pas les plus forts.

Comme le conte concerne les humains et que les dieux en sont absents, **on dit que c'est un récit profane.**

On distingue plusieurs genres de contes. Voici les plus fréquents :
- **les contes merveilleux** ou contes de fées ;
- **les contes populaires traditionnels** qui parlent des coutumes ou des gens d'une région ;
- **les contes facétieux** qui racontent des anecdotes drôles ou des mésaventures burlesques ;

- **les contes d'animaux** dans lesquels ceux-ci tiennent le rôle principal, mais qui, souvent, servent à souligner certains défauts des humains ;
- **les contes étiologiques** qui donnent des explications sur des phénomènes naturels de façon fantaisiste ou humoristique ;
- **les contes de sagesse ou les contes initiatiques** qui invitent à réfléchir sur la vie et les actions que l'on pose ;
- **les contes fantastiques** dans lesquels se glissent des éléments étranges qui inquiètent ou étonnent ;
- **les contes ethniques** qui présentent la culture d'un pays ou d'un groupe d'humains en particulier ;
- **les contes contemporains** qui sont créés par des auteurs modernes ou qui présentent des versions actualisées de contes connus.

LA LÉGENDE

La légende repose toujours sur un fait réel : un personnage, un événement ou un lieu géographique. Mais l'histoire est racontée en exagérant les faits et en y ajoutant des éléments fabuleux et inquiétants.

(texte de Jacques Pasquet)

KADO LE FOU :
UN CONTE INITIATIQUE

Ce conte breton est librement inspiré d'un récit traditionnel recueilli dans la région de Vannes (Morbihan) par l'écrivain et folkloriste Émile Souvestre (1808-1854) et publié en 1844 dans *Le Foyer breton.*

Il met en scène un vagabond passant pour fou, qui ressemble au « quêteux » québécois et qu'on nomme en Bretagne le « pilhaouer ». Vivant symbole de la revanche des pauvres sur les puissants, ce personnage est le héros de nombreux contes où, chaque fois, malgré son humble apparence et sa supposée stupidité, il fait preuve d'astuce et sort victorieux des pires situations.

L'histoire de Kado[1] est également célèbre pour une autre raison. Elle présente, en effet, une version très ancienne de la fameuse quête du Graal et du mythe primitif du bol de la vie qu'on retrouve dans de nombreuses civilisations. Sauf que, dans cette version, le chevalier Perceval est un simple idiot

1. Dans le conte original, le héros se nomme Peronnik l'idiot. Nous lui avons préféré le nom plus familier de Kado, qui se trouve également dans le recueil d'Émile Souvestre.

de village, la lance de Longus, une arme invincible, et le vase sacré ayant contenu le sang du Christ, un chaudron magique.

Les ancêtres des Bretons, les Celtes, croyaient effectivement qu'il existait un récipient extraordinaire dans lequel les dieux préparaient le repas ou brassaient la bière destinés aux héros morts qu'ils jugeaient dignes de ressusciter pour en faire des êtres immortels. Quand le monde celte disparut, on entretint l'idée que le fameux chaudon existait encore, caché quelque part, et chacun se mit à rêver de le retrouver, lui prêtant différents pouvoirs. Pour certains, il donnait une force herculéenne comme la potion que le druide Panoramix prépare dans un chaudron du même genre. Pour d'autres, il assurait gloire, richesse, pouvoir et immortalité. Une quête qui est encore celle de chacun d'entre nous.

DANIEL MATIVAT : AUTEUR

Daniel Mativat est professeur et vit au Québec depuis plus de trente ans. Cependant, il n'a pas oublié ses origines. Breton par sa mère, il se vante même d'être l'arrière-petit-fils d'un authentique conteur de village du Finistère, nommé Yves Trellu. De là, sans doute, son goût pour le fantastique et le folklore qui l'a poussé à faire des études universitaires dans le domaine, tout en lui inspirant plusieurs de ses livres, parmi lesquels: *L'Ankou ou l'ouvrier de la mort, Terreur sur la Windigo* ou *Quand la bête s'éveille.*

Kado le fou reprend justement un vieux conte breton qui nous rappelle que la Bretagne n'est pas seulement un endroit très agréable pour passer des vacances, mais que c'est aussi une terre de légendes: le pays de Merlin l'Enchanteur, des fées des fontaines et des korrigans. Un pays aussi d'aventuriers et d'originaux qui, comme Kado, ne croient pas que la fortune sourit seulement aux nobles et aux riches mais qu'elle est à la portée de tous ceux qui ont un peu de tête et, surtout, un grand cœur!

GÉRARD FRISCHETEAU : ILLUSTRATEUR

Gérard Frischeteau est un merveilleux illustrateur qui a fait sa marque aussi bien en littérature de jeunesse que dans le film d'animation. Jonglant avec les logiciels les plus sophistiqués, il travaille ses dessins sans relâche après avoir effectué des recherches iconographiques très poussées pour rendre le plus petit détail avec le maximum de crédibilité. Gérard vit à Montréal dans un quartier tranquille et ombragé, avec sa compagne, son chat Baba et sa souris d'ordinateur. Il aime la nature et les randonnées en kayak, de préférence dans les marécages, parmi les grenouilles et les nénuphars.

TABLE DES MATIÈRES

Titres parus dans la Collection Korrigan :

1. **Kado le fou,** conte breton
de Daniel Mativat

2. **La naissance du goéland,** conte inuit
de Jacques Pasquet

3. **Sur les ailes de la lune,** conte bulgare
de Christine Bonenfant